민들레 틈새에 앉아서

소금북 시인선 12

민들레 틈새에 앉아서

ⓒ백혜자, 2023, printed in Seoul, Korea

초판 1쇄 인쇄 2023년 06월 26일
초판 1쇄 발행 2023년 06월 30일

지은이 백혜자
펴낸이 박옥실
펴낸곳 소금북
디자인 유재미 정지은

펴낸곳 도서출판 소금북
출판등록 2015년 03월 23일 제447호
발행처 강원도 춘천시 행촌로 11, 109-503 (우24454)
편집·인쇄 서울시 중구 퇴계로50길 43-7 (우04618)
전화 (070)7535-5084, 휴대폰 010-9263-5084
전자주소 sogeumbook@hanmail.net
ISBN 979-11-91210-12-5 03810

값 12,000원

춘천문화재단

· 이 시집은 춘천문화재단 전문예술지원사업 지원금으로 발간되었습니다.

소금북 시인선 · 12

민들레 틈새에 앉아서

백혜자 시집

소금북
sogeumbook

요사이 나는
저녁 빛을 쫓아
호수로 나가는 일에 푹 빠져있다
빛이 물위에 피워 놓는 꽃잎의 향연
호수 변 백양나무에 내려앉는
햇살의 눈부신 흔들림
아름다운 땅을 딛고 서 있는 것
뭘 더 바랄 게 없는 저녁이다

부끄러운 시를 내놓으며 안면 바꾸고
그 속으로 들어간다
저물면 별이 뜨겠지
이미 주눅 들기를 넘어선 모양이다
시집이 나오기까지
애써주신 분들께 감사드린다

| 차례 |

| 시인의 말 |

제1부 잣죽 한 그릇

제2부 이사

제3부 훅, 단풍 들어

제4부 모가지 없는 봄

작품해설 | 전기철

제 1 부

잣죽 한 그릇

아득한 하루

하루가 아득히 밀려나 멀리 있다

지는 해에 잠시 금빛으로 빛나던 풀밭
햇살의 마술에서 풀려나
잿빛으로 돌아오고

연기로 사라진 그대는 지금쯤 하늘에 닿았을까?

돌아갈 수 없는 시간을 애도하며
우수의 입자들이 하늘에 가득히 풀려있고

어디까지 갔나?
바람에게 소식을 물어볼까?

공중을 떠도는 막막한 슬픔에
바람도 울며 돌아온다

내 안에

내 안에
배고픈 거지가 산다

오늘도
시장으로 가
모자 푹 눌러쓰고

흩어져 소음이 되는
노래를 부른다

국밥 한 그릇
요기하고 터덜터덜
해가 저물어 돌아오면

푸른 하늘에
마중 나온 별만
뜰안에 가득하다

안부

꿈도 없이 늦잠을 잤다
창 앞에서 참새들이 짹짹거려
커피 한잔 마시고 밖으로 나가니
살구꽃이 오셨구나!

뜰 안이 환한데 그 아래
늙은 길고양이 꽃물 들어 빤히 쳐다본다
지난겨울 밤 너도 종종 울었지,

그제는 버드나무가 봄비에 흠뻑 젖더니
오늘은 연두색 잎을 하늘거린다
우리 앉았던 의자에 연인들이 앉아 있다

자전거가 싱싱 신나게 지나가고
벚꽃 날리며 새것이 되어 돌아온
연두색 봄이 물가 작은 섬에 떠 있다

내일은 당신에게 가봐야겠다

잣죽 한 그릇

겨울에
가끔 남서풍이 다녀가
노루발 눈구멍 뚫고
파랗게 내다본다

아무 말 없이
친구가 들고 온
그 아침
뜨거운 잣죽 한 그릇

그걸 넘기고
파릇하게
밖을 내다보던 일

그대
떠나고 무너진
하늘이 거기 있었다

취생몽사

해마다 사랑하는 이 소식 들고
사막으로 오네
그가 들려 보낸 취생몽사
이 쓸쓸한 가을
나도 마시고 싶네
바람둥이 순정 같은
복사꽃 지고
지금쯤 잎 다 벗은 도원의 나무들
죽음 같은 그리움도
다 끝이 있다는 듯
흔들리는
취생몽사

신춘영전

연애라곤 해 본 적 없던
나이 십팔 세

덜컥, 애가 들어섰을 때
본마누라 악다구니 치며 다녀
퇴학당했지

그래도 헤어나지 못했는데
그도 늙어
쪼잔 한 영감이 된다는 걸
상상도 못했지

이 도령은 어디로 가고
나를 종처럼 부리는 사내만 남아
내가 내 눈을 찔렀다고 한탄했지

요양병원에 누워있는 저 웬수

달만 여전히 밝네!

해피앤딩은 글렀어

꼬리 감춘 마당

놀다가 밤늦게 오니
어둠만 우두커니 앉아있다

길고양이 제풀에 놀라 꼬리 감춘 마당
목련 나뭇잎 부스럭댄다

화난 당신 눈치 보며
설설 기고 싶은 밤
소주 맛이 좋은 때야,

입맛 다시던 당신의 늦가을
고요를 깨려고 TV를 켜니
전두환 씨가 죽었구나!

여우각시

곱다란 얼굴에 홀려
애가 달은 사내
여우인지 모르고 결혼했어
날마다 간을 조금씩 빼먹는 그녀
먹지 못한 날은 참을 수 없었지
아무리 비싼 걸사도
싸구려라고 잘도 속여 넘겼어
새로 산 옷도 전에 입던 거라고
호들갑 떨면 그만
아들 낳고 딸 낳고 사는 동안
갈수록 쇠약해 갔지
어느 보름달 뜬 밤
아침내 눈 감은 사내
여우는 컹컹 밤새 울었지

반짝이는 것만 바라봐요

공중으로 이사 왔어요

산맥에 둘러싸인 모퉁이
어둠살을 타고 까마귀 사라지고
앞 동네 아파트 숲
벌써 누가 불을 켜요

거기서도 나를 바라볼까요?
바라보지만 보이지 않는 이들
있지만 없는 이들 칸칸이 불을 켜고
어느새 밤이 깊어가면
나도 한껏 불 돋우고
불빛과 눈 맞추며 놀아요

'인생도 가까이서 보면 비극
멀리서 보면 희극이지요.'

멀리 떠나온
산맥 들은 어둠 속에 빠져있고
하염없이 반짝이며 떠 있는
별들의 봄밤입니다

아버지의 발

댓돌 위에 놓인
뒷굽이 다 닳아 찌그러진
아버지의 구두
달빛 아래 푸르스름하게 놓여 있었다

녹초가 된 발이 빠져나간 자리에
귀뚜라미 들어가 울고 있던 밤
무슨 예감에 그토록 어린 가슴이 아팠을까?

전쟁으로 가난했던 그해 겨울
낡은 구두 새것으로 바꾸어 신어보지 못하고
쓰러진 아버지의 발

저녁마다 환청으로 들리던 기우뚱한
아버지의 발소리
문 열면 텅 빈 적막에 울던 날들이 흘러가고

아버지, 하고 불러보니
낡은 구두 속에서 아버지의 발이
귀뚤귀뚤 울며 걸어오신다

아랫목

어린 날 아플 때면
아랫목 아버지 곁에서 잤다

죽은 듯 자는 잠을 들쳐 보며
죽었나? 하고
농을 거시던 아버지 생각

그 겨울날의 아랫목

아버지 곁에 누워 열에 들떠
풋잠 속으로 잠행하던

따뜻하고 아늑한 잠!

텅 빈 버스

구름이 주저앉은 저녁
버스정류장에서 그대를 기다린다

내 탓인 것 같아 미안한 저녁
길 건너 문방구 불도 꺼지고

소음에 흩어지던 바람이
가로수 흔드는 소리 다시 들린다

텅 빈 버스가 굴러가 보이지 않고
구름 속 별 하나 내린다

자리 털고 집으로 간다

아직 끝난 것 같지 않은 우리 사이
버스는 내일도 오겠지

은사시나무 노래 속으로

다시 애기가 되었구나!

잠잘 시간 지나고
옛날이야기도 끝이 났다

바람이 따라와
은사시나무 쉼 없이 흔들어
너를 부르네

자장자장 내 아가
푹 자고 나면
새로운 봄이란다

누구나 혼자 가는 잠
폭신한 어둠에 안기어
은사시나무 노래 속으로
파릇파릇 살랑살랑

잘 가라, 내 아가

발목의 상처

금방 울 것 같은데
울지 못하고 돌아서는 널 보며
왜 네 발목에 도장처럼 찍힌
흉터가 떠올랐을까

산에서 굴러떨어져 뼈 으스러지던
기억이 살아난다며
얼른 가리곤 했었지

늘 숨어있던 흉터
내가 너를 만나지 않았으면
네가 나를 만나지 않았으면
나를 두고 절룩이며 가는
네 발목 붙잡고
미움을 같이 먹진 않았겠지

도장처럼 찍힌 너의 발목 같은
아픔도 남아있지 않았겠지

슬픈 음표처럼

어제 왔던 모든 것
오늘과 다르다

벚꽃 지는 걸 보고
울던 아이, 벚꽃 지듯
숱한 이별과 살아가겠지

아직 바다까지는 멀어
속삭이는 강
멀리서 날아오는 바다 냄새인가?
놀라 잠시 멈추어 선다

착각과 환시의 한세상
꽃다지 첫봄을 노래하는데
공중에 걸려있는 전깃줄에
슬픈 음표처럼 앉아 있는 까치 부부

자꾸 길을 잃던 한 생애
봄을 적시는 강물은,
오늘은 어디만큼 가나?

민둥산

매운탕 시키니
옆구리로 새는 시냇물 소리

메기찌개가 맛있게 끓는다
먹는재미 있으니 살만하지 하며
모자를 벗으니 민둥산이 번쩍

정수리를 뾰죽하게 깎아
봄이라고 쓰면
민둥산 파릇하게 살아 나
나비가 올까?

물가에 버들강아지 꼬리치고
민둥산 데리고
더 깊은 봄 속으로 들어간다

섬개회나무

오후엔 햇살이 찾아와 반짝이더니
잎 새 사이로 어느새 꽃이 폈네
오늘은 네가 가장 예쁜 날
바람이 속살거리면
보쌈해온 사내와 떠나온
그 섬에 가고 파
날개를 펼쳐 나는 시늉하다
나무는 꽃 들고 걸어가네
아무리 걸어도 그 자리
자꾸 발돋움하네
오늘밤 잠들어
날개옷 되찾은 선녀 되어
널 보러 그 섬에 가야지
제일 예쁜 날 보여줘야지

하늘 찍다가

매일 하늘 찍다가
어느새 겨울 깊숙이 왔군요

당신은 나를 바라보는 해
떨고 있는 빈 나무에 내려와
만발하는군요

오리털 잠바, 떨 목도리 벗어줄까요?

어느새 빨간 노을 피워 올려
손 녹이며 따라가면

해는 돌아가고
홀로 돌아옵니다

제 **2** 부

이사

춘화

봄바람이
비아그라를 쏟아놓은 길가
양버들 뾰족뾰족 잎이 튀어나오고
벚꽃봉우리 몽긋몽긋 부풀어 오른다

이웃집 영감탱이 탈색된 머리 휘날리며
바람 빠진 할머니 궁둥이를 슬쩍 만지며
길 건너고
꽃집에 내다 논 영산홍도
꼬리치며 빨갛게 윙크한다

까치도 짝지어 나뭇가지에 앉아 있다

놈보

어른들이 놈보 놈보 하니
애들도 따라서 놈보 라고 불렀다
점잖은 큰아버지를 닮았지만
첩이 낳고 가버렸다고 했다
무슨 말을 들어도
빙긋이 웃는 게 대답이었다
그 덕인지 마누라도 얻어
아들도 있었고
딱히 하는 일도 없이 잘 살았다
제삿날이면 제일 먼저
마애불처럼 조용히 한구석에 서 있었다
큰집 형제들 모두 쉰을 못 넘기고 죽었지만
놈보는 착한 아들 덕에
효도 받으며 오래 살았다
죽을 때도 웃었다

향나무와 참새

해 저물자

커다란 향나무 속으로

참새들이 쏘옥, 쏙 들어간다

어둠이 내리고

얼어붙은 하늘에

달이 내 걸렸다

추위에 떨던 향나무

참새들이

밤새 꼭 껴안고 잔다

이사

집을 팔았다

12월이면 떠나야 한다

감나무 어찌 알고 가지가 찢어져라 열렸다

작년에 모셔둔 썩은 호박

땅을 뚫고 나와

미친 대추나무 위 여기저기서

늙어서 내려다본다

애지중지 가꾸던 국화가

벌들을 앉고 꿀을 먹이며 자랑스레 웃고

단골 길고양이 양지 끝에 잠들었다

가을볕이 꺼질 듯 껌벅인다

여름내 괴롭히던 마당에 괭이밥 꼬리 내리고

납작 엎드려 쳐다본다

아리랑 고개 또 넘으려니

청천 하늘엔 참 별도 많구나

염소좌

내 별자리는 염소좌

음악을 좋아하는 목축의 신
판*의 운명을 타고난 건달

집안일 돕기 싫어
소양강으로 도망가
물소리나 듣다 오던
미움받이

일생을 밖으로 떠돌던
아웃사이더
누군가는 나에게서 소녀를 보고
누군가는 창부를 봤지

한 세상 건들건들
어수룩하게 농간부리다

뒤통수 맞고 넘어가기도 해

얼마나 많은 걸 놓쳐버렸나
잘만 했으면
빌딩도 한 채 샀을 걸

염소좌는
인내의 쓰디쓴 열매를
따먹으며 살지

* 판 : 아폴론과 견줄 정도로 음악을 좋아한 신 피리를 불다 괴물을 피해 물속에 뛰어들어 염소의
  머리와 물고기의 몸으로 변신

핑크뮬리

언덕 위
핑크뮬리 구경하고 오라고
노인들을 내려놓는다

해 떨어지기 전 돌아갈 수 없는
버스 기사의 궁여지책
역병으로 오래 갇혀있던
노인들 어느새 기력이 딸려
언덕을 올려다보며
뮬리고 뭐고 다 시들한 얼굴
노천카페에 옹기종기 앉는다

오랫만에 문을 연 공원
산을 밀고 쌓아 놓은 돌 틈에서
여름내 몸을 키운 산국이 내려와
포토존 의자에 노랗게 앉아 있다

소나무 점령한 칡넝쿨

서리 맞고 오그라들어 버석거리는 오후

오늘이 어제로 기우는 길목

2년 만에 나온 관광버스 기사는

해 떨어지길 기다리고 있다

입동 무렵

백일홍이 더욱 붉은 빛을 발한다

그 빛을 따라왔나?

오늘의 일용한 양식을

얻으려 조그만 몸을 팔락이며

나비가

종일 꿀 마른 꽃들

사이로 배회한다

내일을 모르는 건 축복일까

겨울이 들어서는 하늘

가벼운 바람에도

가을은 밀려 저만큼 굴러가는데

왜 나비는 한 번도 울지 않을까

푸른 귀

앞마당에 해묵은 목련나무
홀로 날아온 새가 슬피 울자
가지마다 펄럭펄럭
온몸으로 끄덕 끄덕이며 들어주고

무거운 슬픔 지고 가던 먹구름이
소리치며 울음 쏟아내자
귀마다 눈물 난다

땅속에서 솟아난 환희에
종일 목 놓아 우는 매미를 품속에 안고
같이 울어주는 한 여름

답답한 날에는 네게로 가
유행가 흥얼대다 다시 싱그러워지는

오! 나무는

온갖 소리 묵묵히 듣고
안식을 내어주는 지구의 귀

병구완

가난한 집 제사 돌아오듯
하는 세 끼

먹어야 사는데…

어느새 점심
손에 물마를 새 없다

무얼 해서 먹이면
달아난 입맛이 돌아올까

궁리궁리하며 창밖을 내다보니
연둣빛 나무가 바람에 흔들린다

나무야 무엇을 먹으면
너처럼 연두의 새잎이 나오니

나무는 흔들리던 몸을 멈추고
애쓰는 내가 안쓰러운지

물끄러미 들여다본다

환하고 고요한

폭설을 쏟아내더니
맑게 하늘이 열렸군요

칼바람 불 때마다
돌아눕는지 꿈틀거리고
눈가루 반짝반짝 날려
환하고 고요합니다

바위에 쌓인 눈
이끼의 숨에 파릇파릇 녹고
햇살이 앉은 나뭇가지
박새가 살금살금 오릅니다

슬픔도 얼어붙은 겨울
눈물 나게 황홀한 순간입니다

발아래 곤히 잠든 씨앗
누구인가요?

둥굴레

제 어미가 버리고 간
손자는
할머니의 무거운 혹
끼니때가 되면
밥 처먹어
퉁명스레 던지던 말도
아이에겐 반갑기만 했지
학교 갔다 오면
나 밥 처먹을까 할머니
슬슬 눈치 보며 자라서
아주 떠나버렸지
할머니 묵무덤엔
해마다
밥 처먹어 밥 처먹어
이밥 같은 둥굴레꽃
먼 곳 바라보며 핀다

춘천향교 앞 은행나무

먼 길을 걸어왔다
향교 앞 은행나무 노랗게 불 켜고
겨울 입구 환히 밝히고 있다
노란 잎들 가벼운 바람에도
나비 되어 날아오른다
나비 다 떠나면
축복처럼 첫눈 내리고
겨울 닥쳐오리라
주섬주섬 옷 벗고
오래된 네 뿌리에 누우리
한잠 푹 자고 나면
봄 되어 돌아오겠지
그리고 너와 함께
더 크게 팔 벌리겠지

슈퍼마켓에서

묵자*를 닮은 사내가
달랑, 소주 한 병을
계산대에 올려놓는다

꼬깃꼬깃한 천 원짜리 지폐
한 장과 동전 몇 개

소주 한 병의 위안을
꼭 잡고 나간다

가로수가
가을을 내려놓는 정오였다

* 묵자 : 얼굴이 검은 무리

그녀의 꼬임

당신을 보자 한눈에 반했지요
무서워 말고 안아주세요
몸이 차다고 날 밀어냈지요
두려워 마세요
우린 천생연분
어떤 귀신이 반대해도
다 뚫고 나갈 거예요
그 끝에 이별이 있어도
스릴 넘치는 사랑
얼마나 황홀한가요?
당신 손잡고 하늘 날 수 있잖아요
나 아니면 맛볼 수 없는 사랑
자, 이리 오세요
봄밤의 꽃밭을 꿈꿔 봅시다
나중은 나중에 생각해요

* 천녀유혼 섭소천의 사랑을 패러디한 것

말티즈와 그 여자

그 여자 안고 가는 말티즈

가끔은 유모차에 태우고
가끔은 강아지 포대기에 넣어 업고 다닌다

빨간 리본을 달고
물방울 원피스를 입혔다
이름도 영애다

그 여자 똥 봉지 들고 따라간다
매일 만나는 그 여자의 개

어쩌다 개가 된
전생의 그 여자 딸?

위험한 행렬

똥개 한 마리
차들이 잠시 멈춘 만천 교차로를
아슬아슬하게
어 슬 렁 건너가고 있다

솟구치는 호르몬의 힘에 고삐를 끊고
위험한 자유의 몸이 되었을까?

바람 타고 날아온 암내에 홀려
바람 따라가다 매연 속에서 길을 잃었을까?

그 예민한 개 코의 후각도
흐려놓은 매연 속을 지나
어리둥절한 모습으로
목련꽃 흐드러지게 핀 도시의 뒷골목으로
설렁거리며 사라진 후

그 뒤를 쫓아
갤로퍼
무쏘
봉고
………
떼지어 무섭게 달려간다

나무가 올려다보이네

내가 떨어졌다고?

아직 이리 싱그러운데
살던 세상이 올려다보이네

반지르르 기름 도는
한 잎의 몸
빨갛게 반짝이네

물과 햇살을
길어 올리던 내 모가지
이렇게 가늘었나?

하늘이 깊고
푸르게 어리네

해고 통지서 한방에

순간이
천년처럼 지나가네

사막의 회색개미

세상에서 제일 빠른 개미는
사하라사막의 회색 개미라네

천적을 피해
오십도 넘나드는 한낮에
타죽은 것들 뜯어와 먹어야 하니
어물어물하다가는
같이 타죽기 십상

고물 쌓은 수레를 굴리며
빠르게 찻길을 건너는
저 할머니도
살기 위해 목숨 거는
시퍼렇게 날 선 하루

제 **3** 부

훅, 단풍 들어

그게 너였어!

온몸 가득 꽃피워 든
벚꽃 나무야
지난가을
피붙이 보내고
벌겋게 취해서 비틀대며
울던 그때 너 맞아?
죽도록 괴로웠던 추운 겨울
지나와 마주 선 우리
이제 술잔을 높이 들어
와르르 무너질
순간의 황홀을 위하여
지나간 슬픔을 위하여
건배

어린 새도 불러들이고

산에서 저녁 해와
놀다 보면
나무의 숫자만큼
손잡아 주며
살금살금 산 너머로 가버리고
노을마저 사라지면
어느새 두 팔 벌리고
어린 새를 불러드린
가문비나무
시침 떼고 고요하다
저녁을 적시며 내려오는 어둠
혼자서 훌쩍이면
올 수도 없는 하늘에서
먼저 나온 별 하나
나 여기 있어
손짓한다

무지갯빛 똥파리

늦가을 햇살에 따끈하게 데워진 돌

무지개 빛 똥파리가

엉덩이를 반짝이며 정신없이 엎디어있다

그걸 바라보며 미소 짓는 내 얼굴도

햇살이 볼 비며 따끈한 무지개

아카시아

주렁주렁 달린 허연 젖통
수많은 새끼 아침부터 달려들어
파먹는다

숲속은 몸 푼 향기로 넘치고
아기들 웅얼거리는 소리

배불이 먹고
까르르 웃는 소리
요기조기 주둥이 옮기는 모습

볼수록 탐스런
오백 아들 거느린 제주 할망

명암도 못 내밀
주렁주렁 빈틈없이 달린 젖통

다 풀어헤친 다산의 여자
아카시*

* 아카시아, 아카시 공통으로 쓸 수 있지만 정식 명칭은 아카시

시골막국수집

시골막국수집 마당에
문실문실 자란 해묵은 목련

운 좋게 살아남아
꿈같이 봄날을 피워냈다

황사 바람에 백만 송이 꽃을
거뜬히 이고 춤을 추건만

고층 아파트와 마주 서서
핸드폰 내려다보는 긴 머리 처녀

스마트 폰 속에
베르테르의
사랑의 문자라도 찾고 있나?

소나무

나는 바위를 사랑하는 소나무
실뿌리를 뻗어
너의 가슴팍을 녹였지
마침내 네 심장에 뿌리내려
솟아오른다
돌을 녹이고 또 녹여
너를 가질 거야
오늘은 가지마다 꽃 피워
노란 꽃가루 축포를 쏜다
돌이 흙이 될 때까지
후손이 솔숲에 들어
바위의 흔적을 찾을 수 없을 때까지

산사나무에 걸린 봄

까치가 외치며 날자
나무가 흔들린다

바람이 낙엽을 굴리며 놀다 가고
햇살이 겨우내 피던 산사나무
봄이 걸려 뾰족뾰족하다

어제까지 침묵하던
양지꽃 한 송이 노랗게 벙글고
멧새는 멧새끼리 떼지어 다니며
서로 부른다

나도 내 이름 서로 부르면
봄바람이 싣고 따라간다

까마귀와 진달래

비탈에 핀 진달래

깃발을 펼쳐든다

까마귀가 털커덕 내려와

꽉 껴안고

까아악 까아악

목청껏 부르자

무리들 달려와

높새바람 속으로 돌진한다

이웃한 사시나무도 일어섰다

겨울에게

폭설을 쏟아내더니
맑게 개었군요

칼바람 불 때마다
돌아눕는지 꿈틀거리고
눈가루 반짝반짝 날려
환하고 고요합니다

바위에 쌓인 눈
이끼의 숨에 파릇파릇 녹고
햇살이 앉은 나뭇가지
박새가 살금살금 오릅니다

슬픔도 얼어붙은 겨울이
눈물 나게 황홀한 순간입니다

발아랜 곤히 잠든 씨앗
누구인가요?

강

무심코 드러난 다리
파란 강줄기
촘촘히 이어져 있다

얼마나 많은 이야기가
구석구석까지 얽혀서
나를 적셔왔을까?

손을 대 보니
파닥파닥 물결친다

강에 기대어 사는 몸
이 봄도 지는 꽃잎 뒤덮여
못 가본 구석까지
떠내려가겠지

나는 흘러가고 있구나!

훅, 단풍 들어

볕 좋은 한나절 창을 연다

방충망에 두 다리 두 팔을 벌리고
곤충표본처럼 찰싹 붙어 요동도 없이
잠든 늙은 나방 한 마리

돌아가느라
사방이 아픈 가을이
하루가 다르게 깊어가고 있다

머리에서 시작한 단풍이
발끝까지 내려오고
더 이상 버틸 수 없는 잎들이
떨어져 쌓인다

어둑한 저녁
종일 매달려 있던 나방도

훅, 단풍 들어
어디론가 떠나고 없다

참새와 자두나무

책 읽고 있는데
뭐하니 참새가
짹짹

밖을 내다보며
밥은 먹었니
고개 까딱까딱

자두처럼 매달려 놀다
호로록 가버린다

따라가지 못한 나무가
쓸쓸히 흔들린다

나무의 젖은 손

봄을 끌고 오다 지친 바람이
얼어 죽은 설해목에
기대어 우는 금병산 정상을 지나

봄눈 쏟아지는
비탈길을 내려오다
미끄러져 낭떠러지로 내닫는 나를
산동백 젖은 손이 잡아주네

노랗게 꽃핀 봄의 손길!
놀랍고 반가움에

내 온몸에
모락모락
봄눈이 녹네

산동백 꽃숭어리마다
봄눈이 녹네

플라타너스

해마다 더는 뻗지 말라고
몸통만 남겨 논 가로수
남아있는 실가지 겨울바람 연주하는
버스킹은 그를 살게 하는 희망

귀가하던 까치가
하얀 뼈에 앉아 듣던 노래는
어느새 둥그렇고 넓은
초록 그늘을 만들고 있다

열 번 잘라 내도
열 번 일어나 몸 만드는
한 팔을 잃고 그 노래 들으며
겨울을 걸어온 나도 곁가지 돋았구나

먼 땅에서 온 그늘지기
어느새 오월이다

솟구쳐 반짝이는

순한 빛에 쌓인 저녁 숲
강물은 솟구쳐 번쩍이며 하늘로 흐르고
돌아온 철새들이
하늘에서 쏟아진다

나도 저런 봄날을 건너왔지
마법에 걸려
쫓고 쫓기던 눈먼 날들
미쳐서 아무것도 따지지 않은
댓 가를 치렀지

온몸으로 먹이를 잡아 나르며
원수니 악수니
지지고 볶던 시절
제 아비 닮은 아이와
미친 연애의 추억이 걸려있는
마법의 봄날

철새가 외국어로 운다

봄 햇살이 몸속으로 흘러들자
아까시나무는
온몸이 나른한가 보다

철새가 돌아와서 스윗스윗 외국어로 운다

햇살에
몸 깊이 잠든 새잎이 뒤척이는지
가지가 파릇하게 흔들린다

나도 나무로 들어가 깜박 잠들었다

파릇한 새잎을 달고 나오고 싶다

기린초

봄날 수목원에서 데려온
기린초 화분

사흘 건너 물만 줘도
새 꽃을 피워
창가는 언제나 봄이다

울적하여 들여다보면
빤히 올려다보고

나비가 오지 않아도
밤마다
붉은 등 켜 들고 기다린다

제 **4** 부

모가지 없는 봄

춘천항

날 저물면
불 켜고 기다리는 등대

비릿한 바람 속 풍물장은 비어가고

한눈에 보이는
날 기다리는 별 한 채

춘천은 항구다

임연수

너만 덩그마니 두고 와
마음 시리다는 친구의 전화 끝나자
다시 고요가 가득한 방
코로나 예방 접종한 팔이 아프고
으슬으슬 일어나는 몸살기
약 먹고 졸다 깨다 몽롱한 하루가 흘러
어느새 저녁때가 되었다
엄마가 임연수 굽고 흰죽 끓여
근심스런 얼굴로
애야 한술 떠라, 하면 얼마나 좋을까
비실비실 일어나 창가로 가니
저무는 이팝나무 흰죽 같고
새파란 잎이 임연수 같다

표절이 어때서

하늘 아래 새것이 있나?
뱀눈나비는 뱀눈을
바람꽃은 바람을
개살구, 개복숭아 얕잡아 보지만
약효가 좋다더라!

세상엔 표절해도 좋은 것
천지 빛갈이야
사람만 조심해, 남의 것 슬쩍 훔쳐다
제 것인 양 지내다
한 번에
찍혀 내려가는 것 보지 않니?

호수는 내 고향

어느 사이 혼자가 되어
할 일 없이 호수에 나와

달아나는 해오라기 벗하며 헤매는데
문득 저녁 종소리 날아온다

산 밑에 절이 있나?
빛, 물결, 종소리 뒤섞여
하나 되어 빛나는 호수

종달새 같은 연인들이 지나가고
지난날 내 연애처럼 벚꽃이 후드득 진다

봄빛이 얼굴 주름에 이랑지며
타오르는 저녁

우리 소관 아닌 운명이지만

운 좋게 여기까지 와
내 고향 호수를 거니네

출가하라고?

햇살 따순 초겨울 산기슭
기회를 놓치지 않고
하루살이가 와글와글 춤추고

노란 생강 나뭇잎에
눈, 입 구멍이 뚫려
주술 걸린 얼굴을
걸어놓은 것 같다

불타는 단풍나무가
몸을 자꾸 놓친다

까마귀가 무슨 낌새를 채고
날아가며 외친다
출가해
출가해

집에 가려고 차 키를 찾으니
어디서 흘렸는지 없다

우두커니

이 길을 걸으면
사방에 추억이 튀어나와
멈추곤 한다

무럭무럭 크던 구름
어느새 내 새끼처럼 흩어지고
빈 하늘 가득 찬 노을

불쑥 나타난 검정 개
저승에서 온 듯
눈곱 낀 눈에 근심 가득 차서
눈치 보며 서 있다

나뭇잎도 수심에 차 어두워가고
어느새 배불러온 달
추석이 내일 모래구나!

둘이서 의심쩍게
우두커니 바라보는 저녁이다

섞이다

장마 그치자 낙엽 속

잎버섯 얼굴 내민다

넘어진 참나무에

장미버섯 피고

묵무덤엔 갓버섯

지팡이 잡은 손에 검버섯 피었다

삶은 죽음을 먹고

죽음은 삶을 낳는구나

그대는 어디로 다녀가시나?

오늘

밖은 찬 바람 불고

세상은 부서질 듯 요동쳐도

내 집에서 슬픔도 없이

따뜻한 밥 내 손으로 지어

맛있게 먹는

오늘이 극락임을 이제야 깨닫는다

아침에 나가보니 어제까지 반달이었던 달이

하루 사이 홀쭉하게 여위었다

아무 우환도 없이 밥 잘 먹는 오늘을

붙잡아 칭칭 영원에 동여매어나 볼까나…

발목 잡은 보도블록

강 건너 벚꽃길이 손 흔들어
정신 놓고 쳐다보며 가다가
블록이 파놓은 덫에 걸려들었다

발목 잡은 블록이
찌그러진 얼굴로 올려다본다

"홍춘옥 집 아들과 바람나
발목 분질러 앉힌다고
우리 엄마 몽둥이 들고 왔었지."

너도 그런 거니?
퉁퉁 부은 봄날이 절뚝이며 흘러간다

밤새 내리는 비바람 소리
한잠 자도 두 잠을 자도 멈추지 않네

내일은 지팡이 짚고
강 건너 벚꽃 길을 좇아가 봐야지

군별

군밤을 사서 주며
군별하고 잘못 발음하여 푸하고 웃었지…

오래 밤길을 에둘러 집으로 오는 길엔
별이 흘러들어 뱃속은 별밭이 되었어

우린 별처럼 초롱초롱했어

하루에 한 번은 별을 봐야 해,
별 안보는 사람도 있어?

돌아보니 언제부턴가
별 볼 새 없이 달려온 인생

이제야 생각나는 그 말

그렇게 반짝이던 너는 흘러 흘러

아메리칸드림을 품고 떠난 그곳에 묻히고

그리고 한 모퉁이별들 속에서
불현듯 군별 추억처럼 돌아오는구나

내 잠은 어디로 떠돌고 있는지

떠돌이 새도 모처럼 벚꽃 속에 누워 잠이 들고
꽃들도 밤에 안겨 잠들었습니다

봄밤은 생기를 불러와 밤새 새와 꽃들에게
불어넣고

그 아래 잠 못 드는 나 홀로 앉아 있습니다
내 잠은 어디로 떠돌고 있는지 기척이 없고

내게 내일의 생기를 불어넣어 줄
잠은 나를 잊었나 봅니다

내일을 새롭게 채우려고
새들은 자면서 똥을 싸고
나무는 자면서 꽃잎을 흘립니다

풀 수 없는 숙제 같은 내일이 또 오려고
밤이 깊어갑니다

귀때기 얻어터지며

보도블록 사이
살아날 구멍 찾아
냉이 제비꽃 민들레 폈다

귀때기 얻어터지며
피워올린 꾀죄죄한 꽃 환하다

위협하는
숱한 발길, 샛바람도
저 생명 꺾지 못했다

민들레 틈새에 앉으니
할머니 말씀 피어난다

―구박하지 마라, 씨 받게

모가지 없는 봄

암컷에게 목 잘린 채
필사적으로 교미를 마친
오줌싸개 가련한 수컷

인간은 이제 본능마저 빛을 잃어
유모차를 들여다보니 개가 앉아 있구나!

잡아먹혀도 달려들던
가련한 수컷들은 다 어디로 사라졌나?

모가지 없는
봄이 사라지네!

얽힘의 미학
― 백혜자 시인의 『민들레 틈새에 앉아서』

전 기 철
(시인 · 문학평론가)

얽힘의 미학

— 백혜자 시인의 『민들레 틈새에 앉아서』

전 기 철
(시인 · 문학평론가)

1

마음을 다잡고 그냥 나의 노래를 부르기로 했다. 눈에 띄지 않는 조그만 풀꽃도 나비를 불러들이는 걸 보고 아무리 작아도 향기 있는 시를 쓰자고 맘먹었다. (「시의 하늘을 날고 싶다」, 『시와소금』 2022년 겨울호)

지난겨울에 백혜자 시인이 발표한 '시인의 말' 일부다. 여기에는 '조그만 풀꽃'과 '아무리 작아도 향기 있는 시'를 향한 의지가 보인다. 대단히 겸손하게 '그냥'이라는 단어를 넣었지만 '마음을 다잡고'라는 말속에서는 그의 시론, 혹은 '시혼'을 드러내고 싶어 하는 속내를 읽을 수 있다. '시인의 말' 여기저기를 뜯어보면 시인이 자신의 시 세계를 표현하고 싶어 함을 알 수 있다. 그것은 '작은 풀꽃의 향기'에 모인다. 결국 시인은 '아무리 작아도' 자신만의 '향기 있는 시'를 쓰고 싶어 하는 의지를 드러낸다. 그리고 이는 같은 글 다른 곳에서 보다 구체적으로 언급된다.

예전 나는 기와집 골에 살았다. 봉의산과 소양강이 가까이 있어 자주 거기 가서 놀았다. 봄철이면 살갗을 파고드는 바람 느낌이 핏속에 흐르고 있다. 봉의산에 올라가 필 듯 말 듯 한 진달래를 꺾어 병에 꽂아놓고 봄을 재촉하던 일이 생각난다. 강에 빠져 죽은 옆집 아이가 물귀신이 되어 밤이면 나타나는 꿈을 꾸고도 날 밝으면 다시 강으로 달려가곤 하던 (…)어린 시절 기억은 내 몸에 깃들어 언제나 솟아나게 했다. (「시의 하늘을 날고 싶다」, 『시와소금』 2022년 겨울호)

위 인용문은 '작은 풀꽃의 향기'의 보금자리에 대해 언급한

부분이다. 봉의산과 소양강이 있는 '기와집 골'에서 강과 바람이 핏속에 흐르는 산에 올라가 진달래를 꺾어 봄을 재촉한 일이나, '강에 빠져 죽은 옆집 아이가 물귀신'으로 나타나 '밤잠을 설치게' 한 일 등 '어린 시절 기억'이 자신의 '몸에 깃들어 언제나 솟아' 나 작은 풀꽃을 키운다고 했다. 이런 어린 시절을 중심으로 시인은 "다시 애기가 되었구나!"(「은사시나무 노래 속으로」)라는 향기 나는 시를 낳고 싶어 한다. 여기에서 핵심어는 '어린 시절의 기억'이다. W. 휴 미실다인에 의하면 어린 시절의 감정이나 경험은 어른의 성격이나 감성, 혹은 사고방식을 만든다고 한다. 우리 안에는 어린 시절의 내가 살고 있다. 그 아이는 어른의 성격을 만들고, 사고방식이나 감정을 형성한다고 한다. 이를 미실다인은 '내재과거아'라고 부른다. 우리안에는 과거 속 아이가 살고 있다는 것이다. 시인의 경우는 더욱 그러하다고 할 수 있다. 바슐라르에 의하면 시인은 몽상을통해서 창조적 세계로 나아가는데, 그 몽상은 어린 시절의 깊은곳을 파고든다고 한다. 몽상의 깊이 속에서 시인의 상상력은질료의 세계를 만난다. 질료에는 경계가 없기 때문이다. 시인은 '혼자'가 되거나 '홀로' 질료 속으로 걸어 들어간다. 그리고질료 속에서 모든 경계를 넘나든다. 백혜자 시인이 이번 시집에서 '혼자' 홀로 '에 대한 언급을 많이 한 것도 이와 무관하지않을 것이다.

그 아래 잠 못 드는 나 홀로 앉아 있습니다

—「내 잠은 어디로 떠돌고 있는지」부분

혼자서 훌쩍이면
올 수도 없는 하늘에서
먼저 나온 별 하나
나 여기 있어
손짓한다

—「어린 새도 불러들이고」부분

어느 사이 혼자가 되어
할 일 없이 호수에 나와

—「호수는 내 고향」부분

시인은 '어느 사이 혼자가 되어' 밤을 보내기도 하고 '혼자서 훌쩍이'기도 하여 잠을 못 이루기도 한다. 여기에서 '혼자'

혹은 '홀로'는 시인의 현실적인 관계에서 비롯하기도 하겠지만 그보다는 시적 상상력으로 진입하기 위한, 바슐라르가 언급했던 '고독' '고립'으로 나아가기 위한 길이다. 시인은 몽상의 깊은 곳에 이르기 위해서 필연적으로 혼자가 되지 않으면 안 된다. 이 고독감은 그를 원초적 상상의 세계로 이끈다. 그리고 생물과 무생물, 과거와 현재를 넘나들며 자유로운 환상을 경험한다. 이때 시인은 어린 시절로 돌아가 그 시간과 장소를 다시 퍼올림으로써 '그만의' 향기를 드러낼 수 있다. 그 향기는 백혜자 시인에게는 어린 시절의 봉의산과 소양강의 자연과 소통하는 상상력에서 비롯한다. 추운 겨울이라든가 강, 혹은 밤에서 건져 올린 몽상은 그의 시의 길을 밝혀준다. 그러면 그의 어린 시절 봉의산의 기왓골이나 소양강의 풀꽃이 그의 시에서 어떠한 향기를 내뿜고 있는지 보기로 하자.

2

백혜자 시인은 봉의산과 소양강의 시인이다. 그 산과 강은 겨울과 밤이 길다. 그만큼 봉의산 기왓골, 혹은 소양강 기슭의 겨울이나 밤은 그에게는 운명이다. "우리 소관 아닌 운명이지만/ 운 좋게 여기까지 와/ 내 고향 호수를 거니"(「호수는 내 고향」)는 시인은 그곳의 밤과 겨울이라는 렌즈를 통해서 시적 상상력을 펼친다. 그 "강에 기대어 사는 몸"인 시인은 강에 깃들어 있는 밤이나 추운 겨울을 시적으로 체득한다.

저녁마다 환청으로 들리던 기우뚱한
아버지의 발소리
문 열면 텅 빈 적막에 울던 날들이 흘러가고

— 「아버지의 발」 부분

슬픔도 얼어붙은 겨울이
눈물 나게 황홀한 순간입니다

— 「겨울에게」 부분

어둠이 내리고

얼어붙은 하늘에

달이 내 걸렸다

추위에 떨던 향나무

참새들이

밤새 꼭 껴안고 잔다

　　　　　　　　　　　— 「향나무와 참새」 부분

슬픔도 얼어붙은 겨울
눈물 나게 황홀한 순간입니다

　　　　　　　　　　　— 「환하고 고요한」 부분

　레비나스에 의하면 인간은 장소를 통해서 주체의식을 갖는
다고 한다. 그는 주체가 자기 자신에게 돌아오는 것도 장소를
통해서라고 한다. 또한 플로렌스 크롤에 의하면 인간은 "자기
정신을, 자아를, 성격을, 인격을 '장소'에서 발견"한다고 한다.
백혜자 시인의 상상력 또한 그와 같은 장소성에서 비롯한다고

할 수 있다. 그래서 시인은 자신이 사는 터전에 대해 "춘천은
항구다"(「춘천항」)라고 해, 겨울이나 밤이 길고 추운 춘천을 시
적 상상력의 길잡이로 삼는다. 다시 말하면 시인은 겨울과 밤
이 긴 춘천의 산과 강의 이야기와 향기를 있는 그대로 끌어들
이고 싶어 한다. 그 이야기 속 향기는 시적 환상을 불러일으키
며, 그 환상은 "텅 빈 적막"이라든가 얼어붙은 하늘에 떠 있는
달, 그리고 새를 보면서 '황홀'함으로 나타난다. 그것은 추운
겨울밤 반짝이는 별빛 같은 황홀함이다.

오래 밤길을 에둘러 집으로 오는 길엔
별이 흘러들어 뱃속은 별밭이 되었어

— 「군별」 부분

어느새 밤이 깊어가면
나도 한껏 불 돋우고
불빛과 눈 맞추며 놀아요

— 「반짝이는 것만 바라봐요」 부분

밤새 내리는 비바람 소리
한잠 자도 두 잠을 자도 멈추지 않네

— 「발목 잡은 보도블럭」 부분

어느 보름달 뜬 밤
아침내 눈 감은 사내
여우는 컹컹 밤새 울었지

— 「여우각시」 부분

 집으로 돌아오는 밤길에는 "별이 흘러들어 뱃속은 별밭이
되"고, 밤 속에서 "불빛과 눈 맞추며" 놀이를 한다. 여우가 우
는 밤 속에서 이야기들이 솟는다. 그리고 그 밤 속의 이야기는
잠과 꿈을 끌어들인다. 밤은 마술의 세계이기 때문이다. 고흐
가 마술적인 풍성한 색깔의 밤을 그리고 싶어 한 것처럼, 마술
을 부리는 밤은 모든 예술의 터전이 된다.

밤새 내리는 비바람 소리
한잠 자도 두 잠을 자도 멈추지 않네

— 「발목 잡은 보도블럭」 부분

죽은 듯 자는 잠을 들쳐 보며
죽었나? 하고
농을 거시던 아버지 생각

— 「아랫목」 부분

누구나 혼자 가는 잠
폭신한 어둠에 안기어
은사시나무 노래 속으로
파릇파릇 살랑살랑

— 「은사시나무 노래 속으로」 부분

어둠이나 밤은 잠을 부른다. 그리고 그 잠, 혹은 꿈은 환상을 부른다. 그 환상은 시인에게는 황홀함으로 다가온다. 그가 어둠과 겨울 속에서 '환하다'나 '황홀함'을 느낀 이유도 여기에 있다. 그래서 시인은 「환하고 고요한」에서 "슬픔도 얼어붙은 겨울이/ 눈물 나게 황홀한 순간입니다"라고 한다. 환하고 황홀함이 정서로 인해 이별조차도 "스릴 넘치는 사랑/ 얼마나 황홀한가요?"(「그녀의 꼬임」)가 되기도 한다.

이와 같은 어둠 속에서의 황홀하고 환한 이미지는 시적 몽상을 불러온다. 그리고 이 몽상을 통해서 겨울과 어둠을 통과하는 힘을 얻는다. 그리고 결국 재생을 얻는다. 그의 시 속에 무수히 등장하는 봄은 곧 겨울이나 밤을 환상으로 건넌 후의 세계이다. 겨울과 밤이 죽음의 이미지라면 잠과 꿈을 통해서 도착한 도달한 봄은 재생의 이미지이다. 겨울이 슬픔이나 죽음, 어둠과 연결되어 있다면 봄은 '첫'이나 '봄비' '새로운' '연두' '푸른' '햇살'이라는 말과 함께 새로운 생명의 의미를 띤다. 그 봄은 환희이다. 그리고 그 봄의 환희는 탄생 이미지이다. 그리고 새로운 생명의 탄생으로서의 봄의 이미지는 성장이나 눈뜸, 상상력의 깊이나 높이와 연결된다.

그제는 버드나무가 봄비에 흠뻑 젖더니
오늘은 연두색 잎을 하늘거린다

―「안부」 부분

사흘 건너 물만 줘도
새 꽃을 피워
창가는 언제나 봄이다

―「기린초」 부분

봄밤은 생기를 불러와 밤새 새와 꽃들에게
불어넣고

―「내 잠은 어디로 떠돌고 있는지」 부분

정수리를 뾰죽하게 깎아
봄이라고 쓰면

민둥산 파릇하게 살아 나
나비가 올까?

— 「민둥산」 부분

바람이 낙엽을 굴리며 놀다 가고
햇살이 겨우내 피던 산사나무
봄이 걸려 뾰족뾰족하다

— 「산사나무에 걸린 봄」 부분

시골막국수집 마당에
문실문실 자란 해묵은 목련

운 좋게 살아남아
꿈같이 봄날을 피워냈다

— 「시골막국수집」 부분

무엇보다도 시인에게 봄은 "꿈같이" 다가오고, 잠을 깨워주며, 언 세상을 녹여준다. 뿐만 아니라 세상에 생기를 불어넣어 꽃과 새들을 모은다. 그리고 봄은 햇살과 함께 묵은 것들이나 죽음 너머의 재생의 이미지이다. 이는 마치 솔제니친이 수용소에서 봄을 행복을 약속해 주는 듯해 밖의 사람들보다 열 배나 더 행복감을 느낀 것과 같다. 그래서 토마스 만은 『마의산』에서 추운 겨울을 지나온 봄은 악전고투하며 찾아온다고 했다. 그 악전고투 이후에 환희가 오기 때문이다. 이와 같은 봄은 시인에게 '새 것' 이미지, 재생 이미지로 나타난다.

착각과 환시의 한세상
꽃다지 첫봄을 노래하는데

— 「슬픈 음표처럼」 부분

봄바람이
비아그라를 쏟아놓은 길가
양버들 뾰족뾰족 잎이 튀어나오고
벚꽃봉우리 몽긋몽긋 부풀어 오른다

이웃집 영감탱이 탈색된 머리 휘날리며
바람 빠진 할머니 궁둥이를 슬쩍 만지며
길 건너고
꽃집에 내다 논 영산홍도
꼬리치며 빨갛게 윙크한다

                    ―「춘화」 부분

내 온몸에
모락모락
봄눈이 녹네

                    ―「나무의 젖은 손」 부분

나무야 무엇을 먹으면
너처럼 연두의 새잎이 나오니

                    ―「병구완」 부분

나도 나무로 들어가 깜박 잠들었다

파릇한 새잎을 달고 나오고 싶다

— 「철새가 외국어로 운다」 부분

　"착각과 환시의 한 세상"을 깨워주는 것도 봄이며, "봄바람
이/ 비아그라를 쏟아놓"아 늙은 영감탱이나 할머니의 몸에 활
력을 불어넣어 준다. 그리고 결국 시인은 자신의 몸에도 봄이
깃들기를 바란다. 자신의 몸에 새잎이 돋아 재생을 꿈꾼다. 그
런데 이 봄과 함께 푸른 이미지가 많이 등장하는 것도 이런 재
생의 의미와 무관하지 않다. 이 재생의 이미지는 "파릇하게/ 밖
을 내다보던 일"(「잣죽 한 그릇」)이나 "푸른 갈잎에 앉아 피리
부는 바람"(「피리 부는 사람」), "파릇파릇 살랑살랑"(「은사시
나무 노래 속으로」)이나 연두색과 함께 봄의 이미지가 더욱 부
각된다. 신화나 원형에서 봄은 처녀이며 생명의 부활, 재생이다.
그래서 원형비평에서 봄은 '아니마anima'로서 영원한 어머니,
혹은 신부新婦이다. 그래서 바슐라르는 『몽상의 시학』에서 아
니마를 '휴식의 원리'에서 태어난다고 본다. 그 아니마를 통해
서 정신적 휴식으로 나아간다는 것이다. 이와 같은 봄의 재생

이미지는 시인에게 감각의 얽힘, 혹은 공감각과 함께 얽힘의 미학으로 나아가게 한다.

3

시인은 세계가 얽혀 있어 인간과 사물, 자연, 그리고 하늘과 땅, 겨울과 봄을 서로 이어지는 것으로 본다. 따라서 그의 시에서는 겨울 속에 봄이 있고, 사람들 속에 돌멩이나 나무, 꽃이 있으며, 과거 속에 현재가 있다. 우주는 서로 겹쳐 있으며, 죽음 속에 생이 있고, 모든 현상은 근원을 품고 있다. 이와 같은 인식은 얽힘의 미학을 낳는다. 그 얽힘은 들뢰즈가 '햅틱haptic'이라고 표현한 바와 같이 감각의 얽힘이며, 불교의 '인드라망'에서처럼 서로가 서로를 비춘다. 이를 보다 확대 해석한다면 시공간의 얽힘, 혹은 양자 얽힘으로까지 나아갈 수 있다. 불교에서 인드라망은 제석천 위 끝없이 펼쳐진 그물을 말한다. 그 그물코에는 보석이 달려 있는데 그 보석들이 서로가 서로를 비추어 끝없이 이어지는 중중무진(重重無盡)의 세계가 곧 인드라망이다. 인드라망의 세계로 들기 위해서는 사물들 사이의 관계에 집중해야 한다. 연암 박지원은 이에 대해 '명심(冥心)'이라는 말을 썼다. 명심은 감각이 섞이는, 들뢰즈의 햅틱을 넘어선 물

아일체(物我一體)의 세계관이다. 이는 경계를 무너뜨리는 얽힘의 세계이다. 연암은 「일야구도하기(一夜九渡河記)」에서 하룻밤에 강을 아홉 번을 건너면서 물과 자신이 하나가 되는 평등론을 통해서 깨우침에 이른다고 했다. 이 때 눈과 귀의 감각에 치우치기보다는 심안(心眼)을 통해서 물과 하나가 됐을 때 진정한 도(道)에 이른다는 것이다.

이와 같은 얽힘의 미학을 백혜자 시인은 작은 풀꽃과의 소통을 통해서 보여주고 있다. 그는 시공간이 서로 겹쳐 있으며 생물과 무생물이 얽혀 있다고 보아 나무가 '나'를 들여다보는 걸 느낀다. 이는 감각의 주고받기를 넘어서 삶과 죽음까지도 서로에 얽혀 있음을 인식하는 데서 비롯한다. 시인은 이에 대해 "삶은 죽음을 먹고// 죽음은 삶을 낳는구나// 그대는 어디로 다녀가시나?// 내게 내일의 생기를 불어넣어 줄// 잠은 나를 잊었나 봅니다"(「섞이다」)라고 하여 "섞이다"라는 말은 쓴다.

댓돌 위에 놓인
뒷굽이 다 닳아 찌그러진
아버지의 구두
달빛 아래 푸르스름하게 놓여 있었다

녹초가 된 발이 빠져나간 자리에
귀뚜라미 들어가 울고 있던 밤
무슨 예감에 그토록 어린 가슴이 아팠을까?

(중략)

저녁마다 환청으로 들리던 기우뚱한
아버지의 발소리
문 열면 텅 빈 적막에 울던 날들이 흘러가고

아버지, 하고 불러보니
낡은 구두 속에서 아버지의 발이
귀뚤귀뚤 울며 걸어오신다

— 「아버지의 발」 부분

　아버지를 그리워하는 밤, 환청으로 듣는 귀뚜라미 소리에서
시인은 아버지의 발소리를 듣는다. 이는 공감각뿐만 아니라 시
공간을 넘나드는 얽힘의 미학에서 비롯한다. 다음의 시들에서
도 그와 같은 얽힘이 나타난다.

내일을 새롭게 채우려고
새들은 자면서 똥을 싸고
나무는 자면서 꽃잎을 흘립니다

풀 수 없는 숙제 같은 내일이 또 오려고
밤이 깊어갑니다

　　　　　　　　—「내 잠은 어디로 떠돌고 있는지」 부분

어쩌다 개가 된
전생의 그 여자 딸?

　　　　　　　　　—「말티즈와 그 여자」 부분

무지갯빛 똥파리가

엉덩이를 반짝이며 정신없이 엎디어있다

그걸 바라보며 미소 짓는 내 얼굴도

햇살이 볼 비며 따끈한 무지개

                    —「무지갯빛 똥파리」부분

겨울 닥쳐오리라
주섬주섬 옷 벗고
오래된 네 뿌리에 누우리
한잠 푹 자고 나면
봄 되어 돌아오겠지
그리고 너와 함께
더 크게 팔 벌리겠지

                    —「춘천향교 앞 은행나무」부분

　얽히고 섞이는 현실 인식은 사물이나 자연이 시인을 "물끄러미 들여다본다"(「병구완」)거나 "울적하여 들여다보면/ 빤히 올려다보"(「기린초」)는 주객체의 얽힘이 나타난다. 이와 같은 얽힘에서 시간은 자유롭게 섞이고, 개와 여자나 똥파리와 나, 나무와 내가 서로 섞인다. 그리고 그러한 얽힘은 환희를 만들어낸다. 그리고 이러한 환희는 새로운 세계에 눈 뜨게 하여 창문

이미지을 끌어온다. 「염연수」나 「병구완」에서 보듯 '창문' 이
미지는 창문을 열면 보이는 풍경으로 환하게 열리는 세계이다.
창밖의 환희는 곧 봄이다. 봄 속에서 주체는 타자와 만나 꽃으
로 피어난다.

이런 얽힘의 미학을 통해서 시인은 작은 풀꽃에서 가장 큰
세계를 발견한다. 그 세계는 작은 틈새에서 겨우 발견할 수 있
지만 위대한 생명의 씨앗이 된다. 밑바닥에서 위대한 결실이 만
들어지듯이 보잘것없는 풀꽃에서 환한 꽃이 핀다. 그 풀꽃에는
수많은 시공간과 우주의 현상이 얽혀 있기 때문이다.

보도블록 사이
살아날 구멍 찾아
냉이 제비꽃 민들레 폈다

귀때기 얼어터지며
피워올린 꾀죄죄한 꽃 환하다

위협하는
숱한 발길, 샛바람도
저 생명 꺾지 못했다

민들레 틈새에 앉으니
할머니 말씀 피어난다

— 구박하지 마라, 씨 받게

— 「귀때기 얼어터지며」 전문

    작은 풀꽃들은 냉이, 제비꽃, 민들레처럼 보도블록의 틈새에서 피어난다. "귀때기 얼어터지며" 자란 그 꽃들은 "꾀죄죄한 꽃"이지만 "환하다". 그 환희는 시적 환상을 불러와 또 다른 세상의 씨앗이 된다. 그 씨앗은 할머니가 되기도 하고 시적 주체가 되기도 하며, 세상의 모든 씨받이가 된다. 그리고 그 씨앗이 피워 올릴 꽃은 세상을 환하게 내다볼 수 있는 창문이 되며, 향기가 된다. 얽힘 속에서 모든 차이는 의미를 잃는다. 환상 속에서 끊임없이 재생될 수 있기 때문이다. 그러므로 시인은 "아무리 작아도 향기 있는 시"를 지향한다.

4

백혜자 시인은 시집『민들레 틈새에 앉아서』에서 작은 풀꽃의 향기를 노래한다. 그 향기는 시인에게 겨울과 어둠을 건너는 힘을 가져다준다. 결국 그는 시적 환상 속에서 재생의 봄꽃을 피운다. 봄에 피는 작은 풀꽃에서는 세상이 모두 얽혀 있고 섞여 있다. 이 얽힘과 섞임은 시인의 세계관이면서 시적 환상이다.

그리고 이 얽힘의 미학을 통해서 작은 풀꽃에서 세상의 길을 안내하는 항구의 등불을 본다. 그는 그 항구를 소양강과 봉의산이 있는 춘천이라 여긴다. 춘천은 세계를 보는 창문이면서 현상들이 얽히고 섞인 아름다움이 있음을 알게 된다. 이 얽힘은 힘든 현실에 환상을 덧칠해 그의 영혼을 치유해 준다. 풀꽃들이 자라는 터전이다. 그곳에서 시인은 재생의 봄을 가꾸며, 자신뿐만 아니라 세상의 모든 영혼을 치유하고 싶어 한다. 그의 시에 꽃들의 향연이 펼쳐지는 것도 이런 치유와 재생의 환희 때문이다. 이 환희가 곧 백혜자 시인이 추구하는 자신만의 풀꽃 이야기이며 노래이다. 그 노래에 귀 기울이면 소양강변의 작은 풀꽃의 노래가 들려올 것이다.